海底小纵队™ 探险记

英国 Vampire Squid Productions 有限公司 / 著绘　海豚传媒 / 编译

叶海龙

长江出版传媒 ｜ 长江少年儿童出版社

图书在版编目 (CIP) 数据

叶海龙 / 英国 Vampire Squid Productions 有限公司著绘；海豚传媒编译 . -- 武汉：长江少年儿童出版社，2017.3
（海底小纵队探险记）
ISBN 978-7-5560-5553-1

Ⅰ.①叶… Ⅱ.①英… ②海… Ⅲ.①儿童故事 - 图画故事 - 英国 - 现代 Ⅳ.① I561.85

中国版本图书馆 CIP 数据核字 (2016) 第 267468 号
著作权合同登记号：图字 17-2015-212

叶海龙

英国Vampire Squid Productions有限公司 / 著绘

海豚传媒 / 编译

责任编辑 / 傅一新　佟 一　徐艳君
装帧设计 / 陈惠豪　美术编辑 / 杨　念
出版发行 / 长江少年儿童出版社

经　销 / 全国新华书店
印　刷 / 深圳当纳利印刷有限公司
开　本 / 889×1194　1 / 20　5印张
版　次 / 2017年6月第1版第3次印刷
书　号 / ISBN 978-7-5560-5553-1
定　价 / 16.80元

策　划 / 海豚传媒股份有限公司 （17061039）
网　址 / www.dolphinmedia.cn　邮　箱 / dolphinmedia@vip.163.com
阅读咨询热线 / 027-87391723　销售热线 / 027-87396822
海豚传媒常年法律顾问 / 湖北珞珈律师事务所　王清　027-68754966-227

海底小纵队

生命因探索而精彩

这是一部昭示生命美学与生态和谐的海洋童话，

这是一首承载生活教育与生存哲学的梦幻诗篇。

神秘浩瀚的海底世界，

能让孩子窥见物种诞生和四季交替，感受大自然生生不息的美感与力度；

引导他们关爱生命，关注生态平衡与绿色环保的重大现实。

惊险刺激的探险旅途，

能让孩子在因缘际会中，感知生活的缤纷底色与不可预知的精彩；

引领他们构建自我知识与品格系统，充盈成长的内驱力。

每一次完美的出发，

都是对生命的勇敢探索，更是对生活的热情礼赞！

人物档案

巴克队长

Captain Barnacles

巴克是一只北极熊，他是读解地图和图表的专家，探索未知海域和发现未知海洋生物是他保持旺盛精力的法宝。他勇敢、沉着、冷静，是小纵队引以为傲、值得信赖的队长，他的果敢决策激励着每一位成员。

呱唧

Kwazii

呱唧是一只冲动的橘色小猫，有过一段神秘的海盗生涯。他性格豪放，常常会讲起自己曾经的海盗经历。呱唧热爱探险，将探险家精神展现得淋漓尽致。虽然他是只猫咪，但他从不吃鱼哟！

皮医生

Peso

皮医生是一只可爱的企鹅。他是小纵队的医生，如果有人受伤，需要救治，他会全力以赴。他的勇气来自一颗关爱别人的心，无论是大型海洋动物还是小小浮游生物，都很喜欢皮医生。

谢灵通

Shellington

谢灵通是一只海獭，随身携带着一个用来观察生物的放大镜。他博学多识，无所不知，常常能发现队友们所忽略的关键细节。不过，他有时候容易分心，常常被新鲜事物所吸引。

达西西

Dashi

达西西是一只腊肠狗，她是小纵队的官方摄影师。她拍摄的影像是海底小纵队资料库中必不可少的一部分，而且还纳入了章鱼堡电脑系统的档案中。

突突兔

Tweak

突突兔是小纵队的机械工程师，负责维护和保养小纵队所有的交通工具。为了小纵队的某项特殊任务，突突兔还要对部分机械进行改造。她还热衷于发明一些新奇的东西，这些发明有时能派上大用场。

小萝卜

Tunip

小萝卜和其他六只植物鱼是小纵队的厨师，负责小纵队全体成员的饮食等家政服务，还管理着章鱼堡的花园。植物鱼们有自己独特的语言，这种语言只有谢灵通才能听得懂。

章教授

Professor Inkling

章教授是一只小飞象章鱼，左眼戴着单片眼镜，很爱读书，见多识广。当队员们出去执行任务的时候，他会待在基地负责联络工作。

目录 CONTENTS

海底小纵队与海牛

站在灯笼鱼艇上的巴克队长
听到了达西西的呼叫："目前大风
暴正在逼近，还会有很强的闪电。"
正说着话呢，一道闪电伴随着
雷声出现在海面上。达西西身旁的
谢灵通补充道："闪电击中海洋的
时候，被击中的海面附近的水体，
都会通电的。"

"所以就算没有被直接击中，
也可能会触电。"达西西继续说道。

"谢谢提醒，我现在马上出发
去深海水域，通话结束！"巴克队
长说着，立刻驾驶灯笼鱼艇潜入了
海底。

此时，雷声越来越大，闪电不断击中海面。突然，潜行在海底的灯笼鱼艇剧烈地摇摆了几下。原来舰艇被一道闪电击中了，队长想通过操纵杆稳住舰艇，可是好像有点难度。

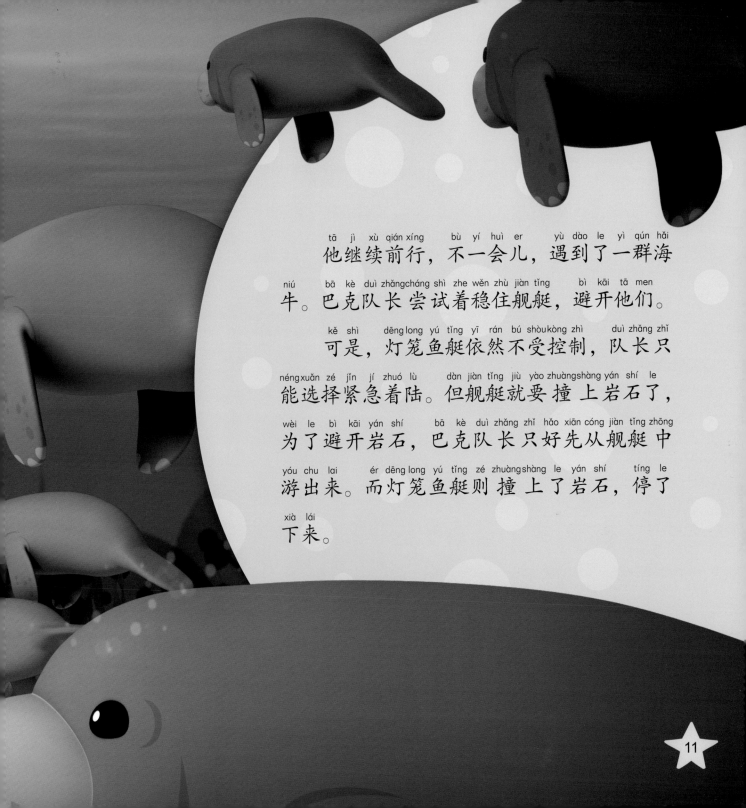

他继续前行，不一会儿，遇到了一群海牛。巴克队长尝试着稳住舰艇，避开他们。

可是，灯笼鱼艇依然不受控制，队长只能选择紧急着陆。但舰艇就要撞上岩石了，为了避开岩石，巴克队长只好先从舰艇中游出来。而灯笼鱼艇则撞上了岩石，停了下来。

11

bā kè duì zhǎng xiǎng
巴克队长想

zhàn qǐ shēn lai　　zhè cái fā
站起身来，这才发

xiàn zì jǐ de yòu shǒu bèi dà suì dié
现自己的右手被大碎碟

jiā zhù le
夹住了。

duì zhǎng pīn mìng jiāng yòu shǒu wǎng wài lā
队长拼命将右手往外拉，

dàn shì wú jì yú shì　　zhè shí hou　　shǎn diàn
但是无济于事。这时候，闪电

biàn de gèng jiā qiáng liè le　hǎi niú huì yǒu wēi
变得更加强烈了，海牛会有危

xiǎn de　　tā zhǐ hǎo qǐ dòng zhāng yú jǐng
险的，他只好启动章鱼警

bào　tōng zhī hǎi dǐ xiǎo zòng duì　chéng yuán
报，通知海底小纵队。成员

men yī jù duì zhǎng de zhǐ shì jù zài le jī
们依据队长的指示聚在了基

dì zǒng bù
地总部。

bā kè duì zhǎng gào su dà jiā　　léi
巴克队长告诉大家："雷

bào zhèng cháo zhe hǎi niú qún de fāng xiàng xí lái
暴正朝着海牛群的方向袭来，

wǒ men yào bǎ tā men dài dào ān quán dì diǎn
我们要把他们带到安全地点。"

suī rán   bā kè duì zhǎng bèi kùn zhù le
虽然，巴克队长被困住了，
dàn yě réng rán huì zhǐ huī hǎi dǐ xiǎo zòng duì de xíng dòng   jǐn jiē zhe   dá xī
但也仍然会指挥海底小纵队的行动。紧接着，达西
xī dǎ kāi xiǎn shì píng   xiàng duì zhǎng huì bào dào   léi bào qián jìn de sù dù
西打开显示屏，向队长汇报道："雷暴前进的速度
zhèng zài jiā kuài   duì zhǎng
正在加快，队长！"

巴克队长示意她继续追踪雷
暴，并让大家将海牛带到深海区
去。这时，谢灵通补充道："海牛
需要呼吸空气，他们每在水下待几
分钟，就要上来呼吸一次。"

"那么得将海牛转移到一个他
们能呼吸的地方。"章教授说。

"那么我们最好带他们去……"

就在巴克队长说话的时候，一只水
母经过他身边，蜇了他一下，队长
不禁叫了一声："哎哟……
堡……"

不明情况的呱唧问
道："哎哟堡是哪儿啊？"

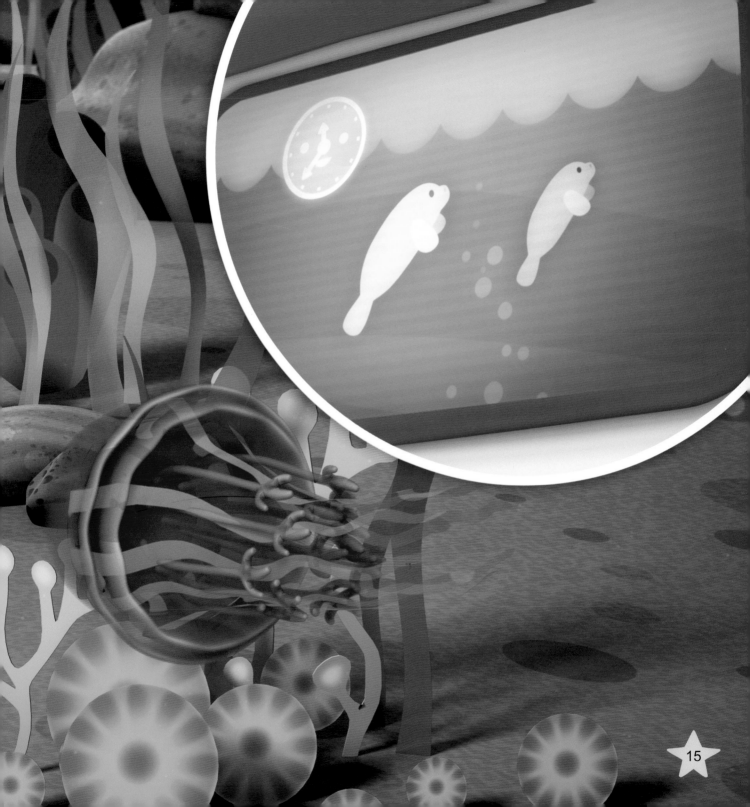

　　　　wǒ yào shuō de shì　　　　bǎ zhè xiē hǎi niú dōu zhuǎn yí dào zhāng yú bǎo　　xiàn zài　　kuài　　bā
"我要说的是，把这些海牛都转移到章鱼堡。现在，快！"巴

kè duì zhǎng mìng lìng dào　　hǎi dǐ xiǎo zòng duì lì kè jià shǐ zhe jiàn tǐng chū fā le
克队长命令道。海底小纵队立刻驾驶着舰艇出发了。

　　　hěn kuài　　hǎi dǐ xiǎo zòng duì dào dá le hǎi niú suǒ zài de dì fang　　bā kè duì zhǎng mìng lìng tā men
　　很快，海底小纵队到达了海牛所在的地方。巴克队长命令他们

gǎn jǐn xíng dòng   jiē zhe   tā yòu hū jiào le xiǎo luó bo   hǎi niú xiàn zài xū yào yì xiē chī de   jǐn
赶紧行动。接着，他又呼叫了小萝卜："海牛现在需要一些吃的，尽

liàng duō cǎi jí yì xiē hǎi cǎo huí lai   rán hòu dài dào fā shè tái qù   hǎi niú kě shì sù shí zhǔ yì zhě
量多采集一些海草回来，然后带到发射台去。"海牛可是素食主义者。

zhèng shuō huà ne   hū rán yǒu yì qún suō yú cóng bā kè duì zhǎng shàng fāng jīng guò   zhè xiē suō yú
正说话呢，忽然有一群梭鱼从巴克队长上方经过。这些梭鱼

zhèng è zhe ne   duì zhǎng děi gǎn jǐn xiǎng bàn fǎ duǒ qi lai
正饿着呢，队长得赶紧想办法躲起来。

wēi xiǎn de léi bào jiù yào lái le guā jī tā men děi ràng hǎi niú men gǎn jǐn pá shàng jiàn tǐng
危险的雷暴就要来了，呱唧他们得让海牛们赶紧爬上舰艇，

jiāng tā men dài dào zhāng yú bǎo qù kě hǎi niú yóu dòng de sù dù fēi cháng fēi cháng màn shǐ zhōng bǎo
将他们带到章鱼堡去。可海牛游动的速度非常非常慢，始终保

chí zhe yí guàn cóng róng wēn hé de fēng gé
持着一贯从容温和的风格。

guā jī dān xīn yǐ hǎi niú de sù dù zhè yàng xià qu gēn běn nán yǐ
呱唧担心，以海牛的速度，这样下去根本难以

duǒ bì léi diàn de wēi xiǎn tā lián máng hū jiào le bā kè duì zhǎng
躲避雷电的危险，他连忙呼叫了巴克队长。

bā kè duì zhǎng ràng tā men bǎ hǎi niú zǔ zhī qi lai　　pái hǎo duì　　yí gè jiē yí gè shàng jiàn tǐng
巴克队长让他们把海牛组织起来，排好队，一个接一个上舰艇。

cǐ shí　　suō yú zài duì zhǎng cáng shēn de qū yù fù jìn yóu lái yóu qù　　duì zhǎng zhǐ dé mǎ shàng jié
此时，梭鱼在队长藏身的区域附近游来游去。队长只得马上结

shù tōng huà　　gèng jiā xiǎo xīn de yǐn cáng zài dà chē qú shēn hòu
束通话，更加小心地隐藏在大砗磲身后。

kě nà qún suō yú yǐ jīng zhù yì dào liàng shǎn shǎn de zhāng yú luó pán　　kāi shǐ zǐ xì sōu xún
可那群梭鱼已经注意到亮闪闪的章鱼罗盘，开始仔细搜寻。

shǎn diàn yuè lái yuè jìn le　　wèi le jǐn kuài
闪电越来越近了，为了尽快

tuō lí wēi xiǎn　　tū tū tù mǎ shàng jiāng hǎi niú zǔ
脱离危险，突突兔马上将海牛组

zhī qi lai　　bìng jiāng zhè xiē hǎi niú yǒu xù de ān pái
织起来，并将这些海牛有序地安排

dào le bù tóng de jiàn tǐng shang　　kě shì　　yóu yú hǎi
到了不同的舰艇上。可是，由于海

niú shù liàng tài duō　　ér jiàn tǐng wèi zhì yǒu xiàn　　zuì
牛数量太多，而舰艇位置有限，最

hòu hái shèng xià yì zhī hǎi niú shí zài bù néng dā shàng
后还剩下一只海牛实在不能搭上

jiàn tǐng
舰艇。

hǎi dǐ xiǎo zòng duì jué dìng xiān huí qu　　yí
海底小纵队决定先回去，一

huì er zài lái jiē tā　　ān fǔ hǎo shèng xià de zhè
会儿再来接她。安抚好剩下的这

zhī hǎi niú hòu　　dà jiā lì kè jià shǐ zhe jiàn tǐng
只海牛后，大家立刻驾驶着舰艇，

xiàng zhāng yú bǎo shǐ qù
向章鱼堡驶去。

到达章鱼堡之后，饥饿的海牛们马上就吃上了植物鱼们准备的新鲜海草。

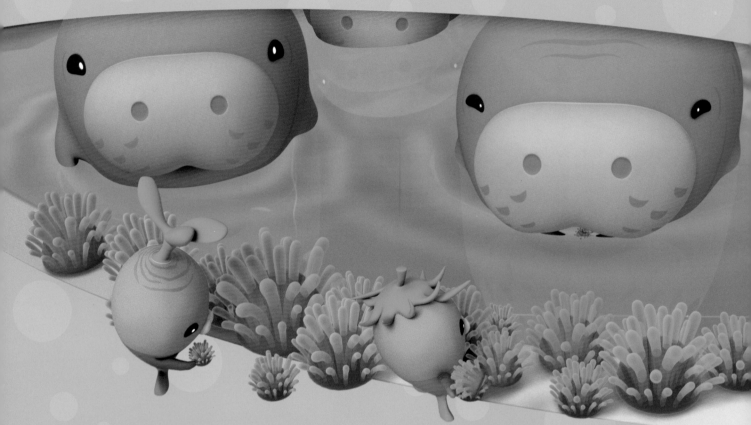

此时，梭鱼一直追着巴克队长，将他逼到了岩石的边缘。巴克队长不知道该如何是好，他低头一看，发现了下方的蓝鲸，无奈之下，他带着大碎碟跳下了岩石，落在了蓝鲸的背上，一连翻了好几个跟头。

不清楚巴克队长处
境的皮医生向队长汇报
救助海牛的情况。
"干得……漂亮……
皮医生！"巴克队长一
边翻着跟头，一边称赞
皮医生。

“闪电在最后一只海牛的正上方。”达西西看到屏幕上显示的画面，赶紧向大家传达这一信息。皮医生和呱唧听了都很着急，他们担心来不及救海牛了。巴克队长要他们驾驶魔鬼鱼艇和蓝鲸艇立刻出发，把海牛救回来。

tū rán nà zhī lán jīng jiāng bā kè duì zhǎng hé dà chē qú shuǎi le xià lái zhè yì shuǎi ràng bā
突然，那只蓝鲸将巴克队长和大砗磲甩了下来。这一甩，让巴

kè duì zhǎng luò dào le yì sōu pò jiù de chénchuánshang cǐ shí tā shēnshang fā chū le jǐng bào shēng duì
克队长落到了一艘破旧的沉船上。此时，他身上发出了警报声。队

zhǎng zhè cái fā xiàn zì jǐ de yǎng qì guàn kuài yào kōng le tā zài shuǐ xià dāi bù liǎo duō cháng shí jiān le
长这才发现，自己的氧气罐快要空了，他在水下待不了多长时间了。

"轰隆隆……" 闪电和雷
声正环绕在那只海牛的上方。
她有些惊慌，倍感无助。幸运
的是，皮医生和呱唧分别驾驶
着魔鬼鱼艇和蓝鲸艇，出现在
了她面前。

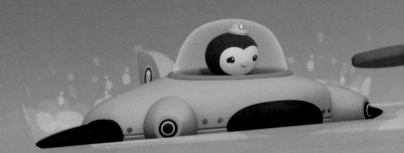

一到目的地，呱唧赶紧联系巴克队长。队长有条不紊地指挥道："现在将魔鬼鱼艇翻个个儿，打开挡风玻璃，这样海牛就能呼吸了。然后，用蓝鲸艇将魔鬼鱼艇拖到深海中，远离闪电。"

"明白，队长！"呱唧和皮医生赶紧开始了营救行动。

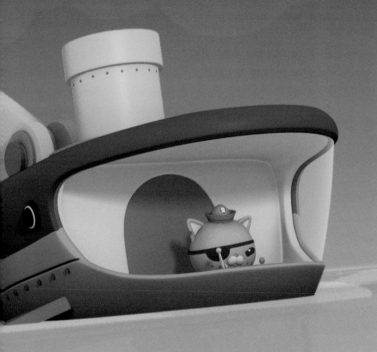

zhè shí　　jǐng bào shēng yòu xiǎng
这时，警报声又响
le　　bā kè duì zhǎng xīn xiǎng　　wǒ
了，巴克队长心想："我
děi zài yǎng qì hào jìn qián　　bǎ shǒu cóng
得在氧气耗尽前，把手从
chē qú zuǐ li nòng chu lai
砗磲嘴里弄出来！"

巴克队长四处望了望，发现不远处有一块木板。

他用力往前挪动，用那只没被夹住的手抓住木板，放进了砗磲的壳里，准备将壳撬开。

呱唧和皮医生按照巴克队长的方法，将海牛的头放入倒扣的魔鬼鱼艇内，以便于她的呼吸。然后他们坐上蓝鲸艇，带着魔鬼鱼艇向章鱼堡驶去。

巴克队长使尽浑身力气，终于将大砗磲撬开，把手取出来了。

接着，队长离开海底，朝呱唧他们追过去。经过蓝鲸艇时，呱唧看到了巴克队长，关切地问道："队长，你还好吗？"

"嗯嗯嗯……"队长憋着一口气，径直朝魔鬼鱼艇游过去。原来，他的氧气已经耗尽，在水里无法呼吸了。

bā kè duì zhǎng hé hǎi niú yí yàng   qián rù dào kòu de mó guǐ yú tǐng zhōng   shēn shēn de xī le jǐ
巴克队长和海牛一样，潜入倒扣的魔鬼鱼艇中，深深地吸了几

kǒu qì   zhè cái jué de hún shēn dōu fàng sōng le
口气，这才觉得浑身都放松了。

wǒ hěn hǎo   tā zhōng yú yǒu lì qi huí dá guā jī de huà le   jiē zhe   tā yòu wèn hòu
"我很好！"他终于有力气回答呱唧的话了。接着，他又问候

shēn páng de hǎi niú   nǐ hǎo ma
身旁的海牛："你好吗？"

bàng jí le   lǎo xiōng   hǎi niú kāi xīn de huí dào
"棒极了！老兄！"海牛开心地回道。

31

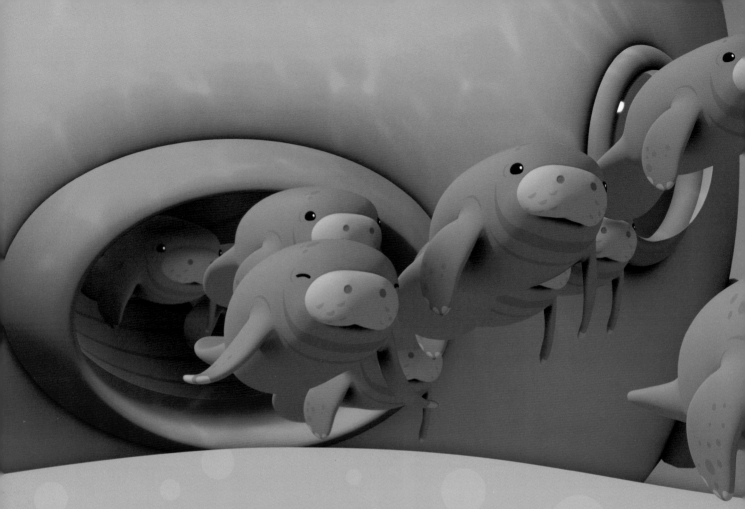

　　<ruby>队<rt>duì</rt></ruby><ruby>长<rt>zhǎng</rt></ruby>，<ruby>雷<rt>léi</rt></ruby><ruby>暴<rt>bào</rt></ruby><ruby>已<rt>yǐ</rt></ruby><ruby>经<rt>jīng</rt></ruby><ruby>过<rt>guò</rt></ruby><ruby>去<rt>qu</rt></ruby><ruby>了<rt>le</rt></ruby>！"<ruby>达<rt>dá</rt></ruby><ruby>西<rt>xī</rt></ruby><ruby>西<rt>xī</rt></ruby><ruby>透<rt>tòu</rt></ruby><ruby>过<rt>guò</rt></ruby><ruby>显<rt>xiǎn</rt></ruby><ruby>示<rt>shì</rt></ruby><ruby>屏<rt>píng</rt></ruby>，<ruby>向<rt>xiàng</rt></ruby><ruby>巴<rt>bā</rt></ruby><ruby>克<rt>kè</rt></ruby>

<ruby>队<rt>duì</rt></ruby><ruby>长<rt>zhǎng</rt></ruby><ruby>汇<rt>huì</rt></ruby><ruby>报<rt>bào</rt></ruby><ruby>道<rt>dào</rt></ruby>。

　　"<ruby>谢<rt>xiè</rt></ruby><ruby>谢<rt>xie</rt></ruby>，<ruby>达<rt>dá</rt></ruby><ruby>西<rt>xī</rt></ruby><ruby>西<rt>xī</rt></ruby>，<ruby>现<rt>xiàn</rt></ruby><ruby>在<rt>zài</rt></ruby><ruby>可<rt>kě</rt></ruby><ruby>以<rt>yǐ</rt></ruby><ruby>让<rt>ràng</rt></ruby><ruby>海<rt>hǎi</rt></ruby><ruby>牛<rt>niú</rt></ruby><ruby>们<rt>men</rt></ruby><ruby>回<rt>huí</rt></ruby><ruby>家<rt>jiā</rt></ruby><ruby>了<rt>le</rt></ruby>。"<ruby>巴<rt>bā</rt></ruby><ruby>克<rt>kè</rt></ruby><ruby>队<rt>duì</rt></ruby><ruby>长<rt>zhǎng</rt></ruby>

<ruby>开<rt>kāi</rt></ruby><ruby>始<rt>shǐ</rt></ruby><ruby>发<rt>fā</rt></ruby><ruby>布<rt>bù</rt></ruby><ruby>新<rt>xīn</rt></ruby><ruby>的<rt>de</rt></ruby><ruby>指<rt>zhǐ</rt></ruby><ruby>示<rt>shì</rt></ruby>，"<ruby>突<rt>tū</rt></ruby><ruby>突<rt>tū</rt></ruby><ruby>兔<rt>tù</rt></ruby>，<ruby>打<rt>dǎ</rt></ruby><ruby>开<rt>kāi</rt></ruby><ruby>章<rt>zhāng</rt></ruby><ruby>鱼<rt>yú</rt></ruby><ruby>堡<rt>bǎo</rt></ruby><ruby>舱<rt>cāng</rt></ruby><ruby>门<rt>mén</rt></ruby>！"

　　<ruby>舱<rt>cāng</rt></ruby><ruby>门<rt>mén</rt></ruby><ruby>开<rt>kāi</rt></ruby><ruby>启<rt>qǐ</rt></ruby>，<ruby>海<rt>hǎi</rt></ruby><ruby>牛<rt>niú</rt></ruby><ruby>们<rt>men</rt></ruby><ruby>和<rt>hé</rt></ruby><ruby>大<rt>dà</rt></ruby><ruby>家<rt>jiā</rt></ruby><ruby>告<rt>gào</rt></ruby><ruby>别<rt>bié</rt></ruby><ruby>后<rt>hòu</rt></ruby>，<ruby>离<rt>lí</rt></ruby><ruby>开<rt>kāi</rt></ruby><ruby>了<rt>le</rt></ruby>。

lái ya péng you men wǒ men qù hū xī diǎn xīn xiān kōng qì ba lǐng tóu de hǎi niú dà
"来呀，朋友们，我们去呼吸点新鲜空气吧！"领头的海牛大

shēng huān hū dào hǎi niú men yì zhī jiē yì zhī yǒu xù de lí kāi le zhāng yú bǎo
声欢呼道。海牛们一只接一只，有序地离开了章鱼堡。

yǒng chū hǎi miàn hòu hǎi niú men hé bā kè duì zhǎng tā men yì qǐ dà kǒu hū xī zhe xīn xiān kōng qì
涌出海面后，海牛们和巴克队长他们一起大口呼吸着新鲜空气。

33

zhè lǐ de kōng qì kě zhēn shì tài bàng le　　nà zhī zài mó guǐ yú tǐng dāi le yí duàn
"这里的空气可真是太棒了！"那只在魔鬼鱼艇待了一段

shí jiān de hǎi niú gǎn tàn dào
时间的海牛感叹道。

gàn de piào liang　　dà jiā huo er　　duì zhǎng yóu zhōng de zàn tàn zhe hǎi dǐ xiǎo zòng duì
"干得漂亮！大家伙儿！"队长由衷地赞叹着海底小纵队

de chéngyuán men
的成员们。

kě shì nǐ ne　　duì zhǎng
"可是你呢，队长？"

gāng cái fā shēngshén me shì le
"刚才发生什么事了？"

皮医生和呱唧好奇地争相问道。

"我先是被闪电击中，然后被砗磲夹住，再是被水母蜇，被梭鱼袭击，跳上蓝鲸的背逃跑，掉进一艘沉船里，甩掉砗磲，耗尽了氧气。然后……哦，对了！找到了你们！"

听完队长的传奇经历，大家发出一阵惊呼声。

海底报告

欢迎进入本期海底报告，这次我们要介绍的是**海牛**！

海里偶然遇海牛

水面呼吸水里游

悠闲漂浮在海中

气定神闲慢悠悠

自在生活无忧虑

海草吃不停，结伴一起走

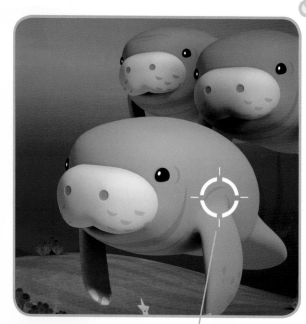

海底小纵队与叶海龙

章鱼堡基地总部里，大家正在观看达西西传来的视频，此时达西西和谢灵通正在一片海藻林里。

"这让我特别想来一大碗我爷爷炖的海盗汤。"见巴克队长没听懂，呱唧继续说，"因为海藻是主料！"

突然，洋流变强了，谢灵通和达西西被海水冲到了一边。巴克队长连忙让他俩赶紧返回章鱼堡。

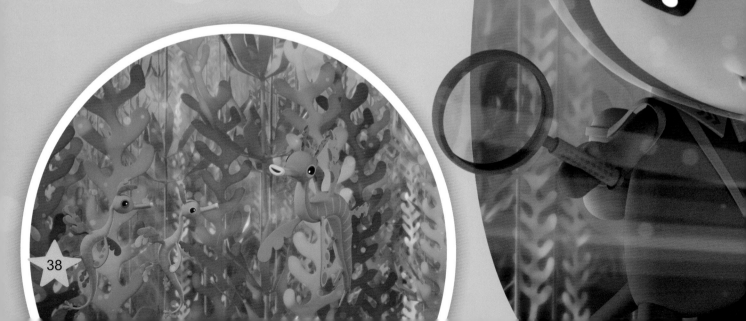

38

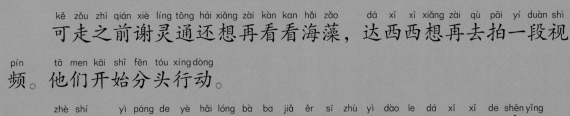

kě zǒu zhī qián xiè líng tōng hái xiǎng zài kàn kan hǎi zǎo dá xī xī xiǎng zài qù pāi yí duàn shì
可走之前谢灵通还想再看看海藻，达西西想再去拍一段视

pín tā men kāi shǐ fēn tóu xíng dòng
频。他们开始分头行动。

zhè shí yì páng de yè hǎi lóng bà ba jiǎ ěr sī zhù yì dào le dá xī xī de shēn yǐng
这时，一旁的叶海龙爸爸贾尔斯注意到了达西西的身影。

39

他连忙提醒孩子们"隐身"伪装好。因为叶海龙不会游泳，所以他们面对危险时，要藏起来才能化险为夷。

他们隐藏得真好，达西西压根儿没看出来，一连拍了好几张海藻的照片。

这时，洋流愈发强了，海藻都被冲得折断了，而且这些海藻已经将孔雀鱼艇裹住了。达西西和谢灵通只好准备起身回章鱼堡了。

强大的洋流将贾尔斯冲走了，他还不忘高喊："保持镇定，然后隐身。"

小叶海龙迈尔斯和奈尔斯听了爸爸的话，紧紧地贴在孔雀鱼艇上的海藻旁。

41

“干得好！你们伪装得非常好，孩子们！”远处的贾尔斯喊道。迈尔斯看着他，担忧地问道：“但是爸爸，你要怎么办？”

“别担心，我不会有事的……”贾尔斯漂向更远处。

这时，孔雀鱼艇里的达西西对谢灵通说道：“马上回章鱼堡！”说着，他们启动了孔雀鱼艇，向前行进。舰艇速度比较快，迈尔斯提醒身旁的奈尔斯：“记住，保持镇定……”

奈尔斯响应道：“隐身！”

很快，达西西和谢灵通就驾驶孔雀鱼艇回到了章鱼堡，他们将舰艇停在了发射台。突突兔看了看孔雀鱼艇，开玩笑说道："看样子你们把整片海藻林都拽回来了！"

"在清理舰艇之前我要拍张照。突突兔，说'茄子'！"达西西说。

听了达西西的话，突突兔高兴地走到舰艇跟前，说："茄子！"

他们拍完照后，不知道自己在哪儿的迈尔斯和奈尔斯悄悄地溜进了水里。

"清理时间到！"突突兔喊道。

这时，巴克队长问道："谁能让这些海藻物尽其用呢？"

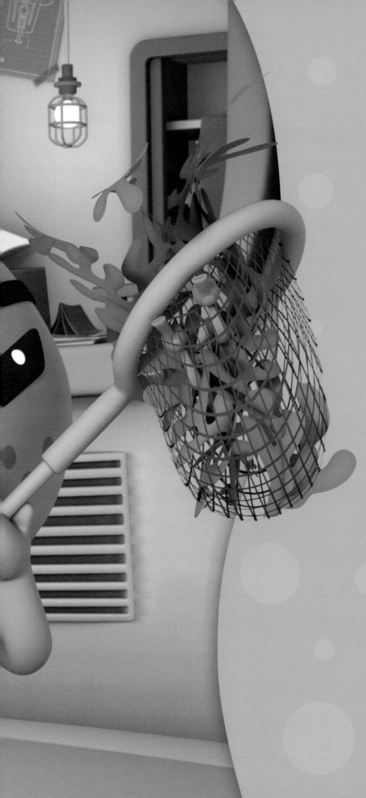

"我可以做些海藻润滑剂，这是最好的引擎清洁剂。"突突兔说着，用捞网捞起了海藻。谢灵通也拿了一些回实验室研究，皮医生决定拿一些放到医务室，这样病人会感觉自然些。为了避免被他们抓到，迈尔斯和奈尔斯左躲右闪。

"我知道这些海藻最好的利用方法……"呱唧说着，一下捞起了一团海藻，接着大喊道，"炖成海盗汤。"他完全没注意到，他还抓到了两只叶海龙。

"难道抓我们的是个……""海盗！"迈尔斯和奈尔斯害怕极了。

厨房里，植物鱼们正在打扫卫生，呱唧端着一碗海藻进来了，他高兴地对植物鱼们说道："伙计们！我现在要炖海盗汤了！"他一边走一边掉，刚打扫干净的地上又多了几片海藻。

不过呱唧可不在意这些细节，兴奋地将植物鱼们召集起来："现在，好好学学怎么像个海盗一样做饭！哈哈！"

呱唧要开始示范了，他一靠近碗，混在海藻中的迈尔斯和奈尔斯就缩着身子，藏起来。

只见呱唧捞出两片海藻放在砧板上，拿起刀喊道："剁碎！"

剁完后，他拿起了锤子，大喊道："捣烂！"

"搅拌！"捣烂后，呱唧将海藻放入了搅拌器中。

准备工作做完了，现在该下锅了。呱唧拿起搅拌器底下的容器，

远远地将里面的海藻汁倒进了锅中，汁液溅到了外面。

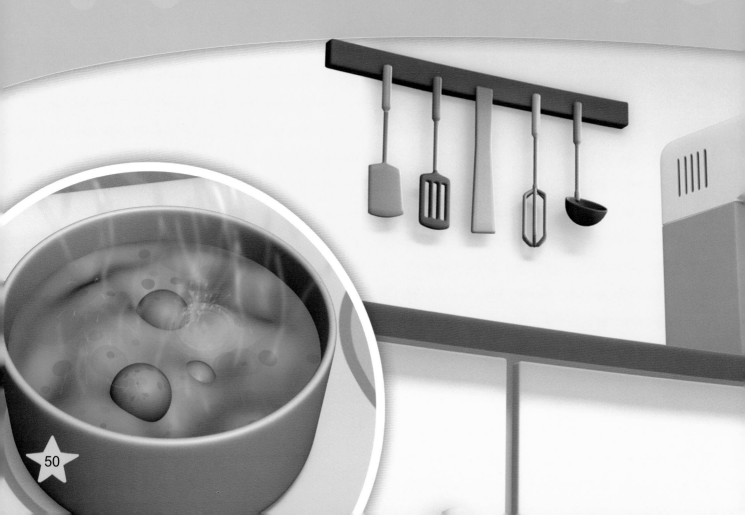

迈尔斯和奈尔斯意识到他们必须想办法尽快离开这个地方。

此时，图书馆里，谢灵通兴奋地说道："我们这次带了很多海藻回来呢，章教授！"

"啊……看来除了海藻，你们可能还带了别的东西回来……达西西，能放大点吗？"看了达西西在发射台拍的照片后，章教授说道。

达西西马上将照片放大，谢灵通叫道："这是叶海龙！"他们之前居然没发现。

章教授解释道："叶海龙很不容易被发现。他们体形瘦小，并且善于伪装。"

如果叶海龙贴在舰艇上，那应该还在章鱼堡里……会在哪儿呢？

tā men gǎn jǐn qù jī dì zǒng bù, jiāng xiāo xi bào gào gěi le
他们赶紧去基地总部，将消息报告给了
bā kè duì zhǎng
巴克队长。

队长立刻安排海底小纵队去寻找叶海龙，为了方便大家寻找，突突兔拿出章鱼眼镜，教他们设置成伪装识别模式，"这样我们就能看到任何动物，就算藏得特别隐蔽也能一眼找到。"

巴克队长听了，赶紧部署道："谢灵通，你负责实验室！达西西，你负责医务室！突突兔和我检查发射台！海底小纵队，执行任务。"

大家立刻依照指示分头行动，可都没有任何发现。他们只好聚集在发射台，回想刚才还有谁拿走了那些海藻……

突然他们都想起了当时的情形，齐声说道："呱唧！"

巴克队长立刻通过视频喊道："呱唧！快停下！"

可呱唧压根儿没注意视频，接连喊道："剁碎！捣烂！搅拌！下锅！"他在植物鱼的配合下完成了一个接一个动作，继续煮着海盗汤。

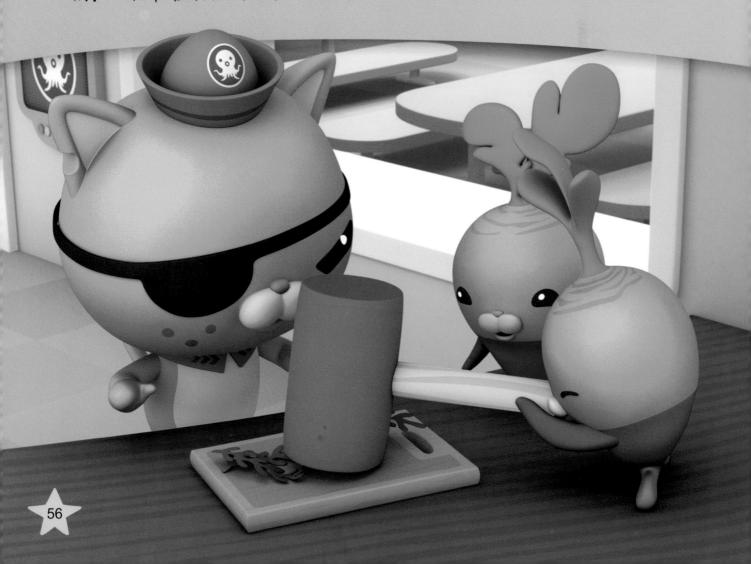

yǎn kàn guā jī jí jiāng yào ná qǐ yè hǎi lóng le   bā kè duì zhǎng lì kè xià lìng   hǎi dǐ xiǎo
眼看呱唧即将要拿起叶海龙了，巴克队长立刻下令："海底小

zòng duì   qù chú fáng   duì zhǎng shuō wán dài zhe dà jiā lì kè xiàng chú fáng gǎn qù   zài tā men xíng jìn
纵队，去厨房！"队长说完带着大家立刻向厨房赶去。在他们行进

de guò chéng zhōng   guā jī hái zài zhǔ zhe hǎi dào tāng
的过程中，呱唧还在煮着海盗汤。

hěn kuài   guā jī dà hǎn dào   jiù shèng zuì hòu yì diǎn hǎi zǎo le   huǒ jì men
很快，呱唧大喊道："就剩最后一点海藻了，伙计们！"

wǎn li de mài ěr sī zhù yì dào zhè yí zhuàng kuàng
碗里的迈尔斯注意到这一状况，

dān yōu de shuō dào à méi dì fang cáng le
担忧地说道："啊，没地方藏了！"

qiú hǎi dào bié chī wǒ gāi
"求海盗'别吃我'该

zěn me shuō nài ěr sī wèn dào
怎么说？"奈尔斯问道。

jiù zài guā jī jiāng liǎng zhī yè hǎi
就在呱唧将两只叶海

lóng ná dào shǒu li de shí hou bā kè
龙拿到手里的时候，巴克

duì zhǎng tā men yì xíng rén gǎn dào le
队长他们一行人赶到了，

duì zhǎng dà hǎn dào kuài tíng xià
队长大喊道："快停下！"

58

"你说什么，队长？"呱唧感到不解。

"别炖了！那些是叶海龙，不是海藻！"巴克队长说着戴上了章鱼眼镜。

"什么？在哪儿？"呱唧听了，非常震惊。

队长连忙回答："在你手里。"

呱唧摘下眼罩，定睛一看，叫道："我的老天爷呀！"

"尽管来吧，海盗！"迈尔斯鼓起勇气说道。

奈尔斯还是有些害怕，结结巴巴地说："但……但……别伤害我们！"

"我没想要伤害你们，伙计。我还以为你们是海藻呢！"

听了呱唧的话，迈尔斯疑惑地说道："可你是个海盗……"

"但我也是海底小纵队的一员，海底小纵队的职责就是保护像你们这样的生物！"呱唧赶紧解释道。

<ruby>巴<rt>bā</rt></ruby><ruby>克<rt>kè</rt></ruby><ruby>队<rt>duì</rt></ruby><ruby>长<rt>zhǎng</rt></ruby><ruby>连<rt>lián</rt></ruby><ruby>忙<rt>máng</rt></ruby><ruby>上<rt>shàng</rt></ruby><ruby>前<rt>qián</rt></ruby>，<ruby>安<rt>ān</rt></ruby><ruby>抚<rt>fǔ</rt></ruby><ruby>他<rt>tā</rt></ruby><ruby>们<rt>men</rt></ruby>。<ruby>迈<rt>mài</rt></ruby><ruby>尔<rt>ěr</rt></ruby><ruby>斯<rt>sī</rt></ruby><ruby>和<rt>hé</rt></ruby><ruby>奈<rt>nài</rt></ruby><ruby>尔<rt>ěr</rt></ruby><ruby>斯<rt>sī</rt></ruby><ruby>讲<rt>jiǎng</rt></ruby><ruby>明<rt>míng</rt></ruby><ruby>原<rt>yuán</rt></ruby><ruby>委<rt>wěi</rt></ruby><ruby>后<rt>hòu</rt></ruby>，<ruby>请<rt>qǐng</rt></ruby><ruby>大<rt>dà</rt></ruby><ruby>家<rt>jiā</rt></ruby><ruby>赶<rt>gǎn</rt></ruby><ruby>紧<rt>jǐn</rt></ruby><ruby>帮<rt>bāng</rt></ruby><ruby>忙<rt>máng</rt></ruby><ruby>找<rt>zhǎo</rt></ruby><ruby>他<rt>tā</rt></ruby><ruby>们<rt>men</rt></ruby><ruby>的<rt>de</rt></ruby><ruby>爸<rt>bà</rt></ruby><ruby>爸<rt>ba</rt></ruby>。

<ruby>巴<rt>bā</rt></ruby><ruby>克<rt>kè</rt></ruby><ruby>队<rt>duì</rt></ruby><ruby>长<rt>zhǎng</rt></ruby><ruby>立<rt>lì</rt></ruby><ruby>刻<rt>kè</rt></ruby><ruby>驾<rt>jià</rt></ruby><ruby>驶<rt>shǐ</rt></ruby><ruby>着<rt>zhe</rt></ruby><ruby>灯<rt>dēng</rt></ruby><ruby>笼<rt>long</rt></ruby><ruby>鱼<rt>yú</rt></ruby><ruby>艇<rt>tǐng</rt></ruby>，<ruby>带<rt>dài</rt></ruby><ruby>着<rt>zhe</rt></ruby><ruby>呱<rt>guā</rt></ruby><ruby>唧<rt>jī</rt></ruby>、<ruby>皮<rt>pí</rt></ruby><ruby>医<rt>yī</rt></ruby><ruby>生<rt>shēng</rt></ruby><ruby>和<rt>hé</rt></ruby><ruby>被<rt>bèi</rt></ruby><ruby>装<rt>zhuāng</rt></ruby><ruby>在<rt>zài</rt></ruby><ruby>碗<rt>wǎn</rt></ruby><ruby>里<rt>li</rt></ruby><ruby>的<rt>de</rt></ruby><ruby>小<rt>xiǎo</rt></ruby><ruby>叶<rt>yè</rt></ruby><ruby>海<rt>hǎi</rt></ruby><ruby>龙<rt>lóng</rt></ruby><ruby>们<rt>men</rt></ruby><ruby>出<rt>chū</rt></ruby><ruby>发<rt>fā</rt></ruby><ruby>了<rt>le</rt></ruby>。<ruby>行<rt>xíng</rt></ruby><ruby>驶<rt>shǐ</rt></ruby><ruby>了<rt>le</rt></ruby><ruby>一<rt>yí</rt></ruby><ruby>会<rt>huì</rt></ruby><ruby>儿<rt>er</rt></ruby><ruby>之<rt>zhī</rt></ruby><ruby>后<rt>hòu</rt></ruby>，<ruby>皮<rt>pí</rt></ruby><ruby>医<rt>yī</rt></ruby><ruby>生<rt>shēng</rt></ruby><ruby>和<rt>hé</rt></ruby><ruby>呱<rt>guā</rt></ruby><ruby>唧<rt>jī</rt></ruby><ruby>就<rt>jiù</rt></ruby><ruby>戴<rt>dài</rt></ruby><ruby>上<rt>shàng</rt></ruby><ruby>章<rt>zhāng</rt></ruby><ruby>鱼<rt>yú</rt></ruby><ruby>眼<rt>yǎn</rt></ruby><ruby>镜<rt>jìng</rt></ruby><ruby>开<rt>kāi</rt></ruby><ruby>始<rt>shǐ</rt></ruby><ruby>四<rt>sì</rt></ruby><ruby>处<rt>chù</rt></ruby><ruby>张<rt>zhāng</rt></ruby><ruby>望<rt>wàng</rt></ruby>。

一开始，他们没有任何发现，只看到了一些海藻。过了一会儿，一个身影闪过，迈尔斯和奈尔斯喊道："爸爸！不！他被冲走了！"

"别担心，我们会游出去……"队长正说着，突然他发现呱唧已经游了出去。

"我去救他！"呱唧说着，继续向前游去。

63

洋流太强了，呱唧费力地靠近贾尔斯，却扑了个空，叶海龙被冲到了不远处。呱唧立刻跟上去，这次他瞄准时机，终于抓住了贾尔斯，大喊道："抓到了！你安全了。"贾尔斯连忙向他道谢。

bié dān xīn xiǎo jiā huo men wǒ zhǎo dào nǐ men de bà ba le guā jī kào jìn dēng long yú
"别担心，小家伙们，我找到你们的爸爸了！"呱唧靠近灯笼鱼

tǐng duì xiǎo yè hǎi lóng men shuō dào
艇，对小叶海龙们说道。

bà ba nǐ méi shì er le mài ěr sī hé nài ěr sī hǎn dào
"爸爸！你没事儿了！"迈尔斯和奈尔斯喊道。

jiǎ ěr sī yě chòng hái zi men hǎn dào hái zi men wǒ zài zhè lǐ wǒ hěn hǎo hěn
贾尔斯也冲孩子们喊道："孩子们，我在这里。我很好！"很

kuài hǎi dǐ xiǎo zòng duì jiù dài zhe yè hǎi lóng men huí dào le tā men de jiā hǎi zǎo lín
快，海底小纵队就带着叶海龙们回到了他们的家——海藻林。

现在，他们得好好休息一下。当然，当务之急是吃点东西。

"好的，孩子们，让海底小纵队看看我们叶海龙是怎样吃东西的吧！你们看，我们小心地吸一口海水，吃掉里面的一点食物。"贾尔斯一边说，一边示范，"一、二、三……

吸！嗯，好吃。"

mài ěr sī huí yìng dào　　bǐ hǎi dào tāng hǎo hē duō le
迈尔斯回应道："比海盗汤好喝多了。"

shì de　　nà dāng rán le　　nài ěr sī jī jí de xiǎng yìng tā de huà
"是的，那当然了！"奈尔斯积极地响应他的话。

hěn kuài　　tā men sā jiù chī de dǎ qǐ
很快，他们仨就吃得打起

le bǎo gé　　guā jī　　pí yī shēng hé bā kè
了饱嗝，呱唧、皮医生和巴克

duì zhǎng tīng le　　hā hā dà xiào qǐ lai
队长听了，哈哈大笑起来。

海底报告

叶海龙呀长得小

游动起来笨手脚

喜爱躲藏钻海藻

融入海藻找不到

饿了出来把食找

一张长嘴巴，吸食真有效

海底小纵队与隆头鹦哥鱼

巴克队长驾驶着灯笼鱼艇，带着呱唧和皮医生执行任务，听到达西西说节目马上就要开始了，队长立刻回复道："我们把皮医生的病人送回家就过去！"很快，他们就到了目的地，呱唧和皮医生尝试着搬动皮医生的病人——大蛤蜊，可是他们不仅没成功，还反被大蛤蜊压在了身下。现在，只有巴克队长出马了，只见他轻轻松松就将大蛤蜊放到了相应的位置。

突然，一阵声音响起，周围的生物惊慌地藏了起来。

"你们好！我是海蒂！"原来是一条隆头鹦哥鱼游了过来，她可真厉害，张嘴就朝呱唧身旁的石头咬了一口。原来隆头鹦哥鱼有特殊的牙齿，很喜欢咬石头或者珊瑚等东西。而且他们能将石头消化，吃进去的是石头，拉出来的可是沙子！

这时，海蒂趁大家不注意，将目光对准了灯笼鱼艇，朝着右侧翼咬了一口。

bā kè duì zhǎng jiàn zhuàng　lián máng zǔ zhǐ　　xiǎo xīn　hǎi dì　　nǐ bǎ wǒ men
巴克队长见状，连忙阻止："小心，海蒂！你把我们

de jiàn tǐng gěi yǎo le
的舰艇给咬了！"

āi yō　　fēi cháng bào qiàn　　yì yǒu jī huì mó yá　　wǒ jiù rěn bú zhù le
"哎哟！非常抱歉！一有机会磨牙，我就忍不住了。"

hǎi dì yǒu xiē bù hǎo yì si de shuō dào
海蒂有些不好意思地说道。

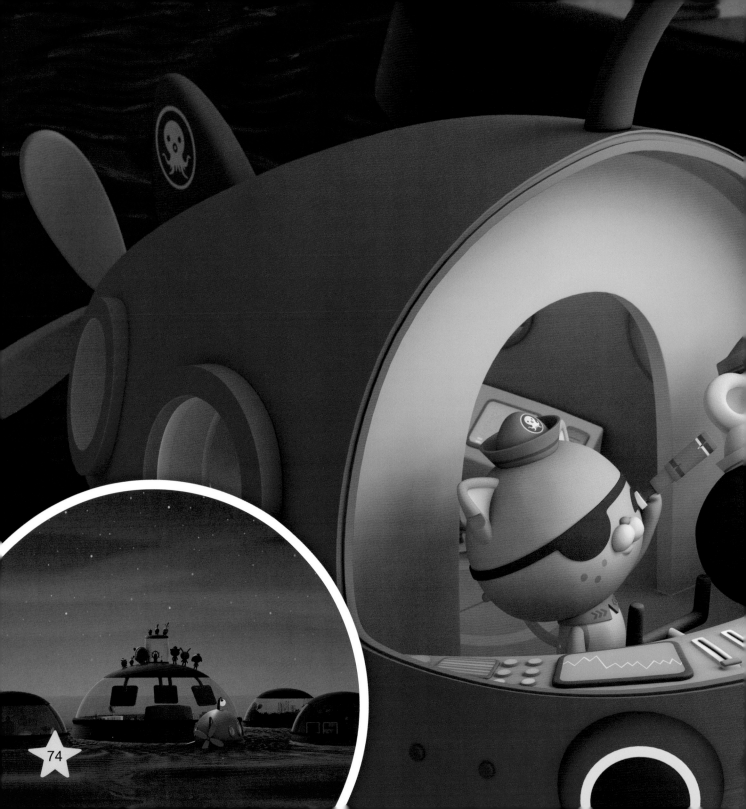

正在这时，达西西呼叫了巴克队长："队长，你们最好快点上来！马上就要开始了！"

队员们听了，充满期待地驾驶着灯笼鱼艇离开了。眼看他们火急火燎地离开，海洋生物们都很好奇，海蒂决定跟着去看看，说不定可以一饱口福。

巴克队长他们回来得正是时候，流星雨刚刚开始。

"那有一颗！快看！太漂亮了！"呱唧已经拿出他的望远镜迫不及待地看了起来。只见一颗流星划过，太美了！

海底小纵队都在欣赏眼前的美景，植物鱼们也格外高兴，突然，空中出现了一个特别亮的东西，小萝卜感到很好奇。

谢灵通连忙跟他解释道："那是陨石！陨石就是从外太空飞来的岩石。当天空中同时出现很多陨石，像今晚这样，就叫做流星雨。"

大家继续专注地欣赏着美景，完全没注意到海蒂靠近了章鱼堡。

zhè shí　　yì　kē yǔn shí cháo tā men zhè ge fāng xiàng fēi lái le　　wèi
这时，一颗陨石朝他们这个方向飞来了！为

le　ān quán qǐ jiàn　　　bā kè duì zhǎng ràng dà jiā huí dào zhāng yú bǎo lǐ miàn
了安全起见，巴克队长让大家回到章鱼堡里面。

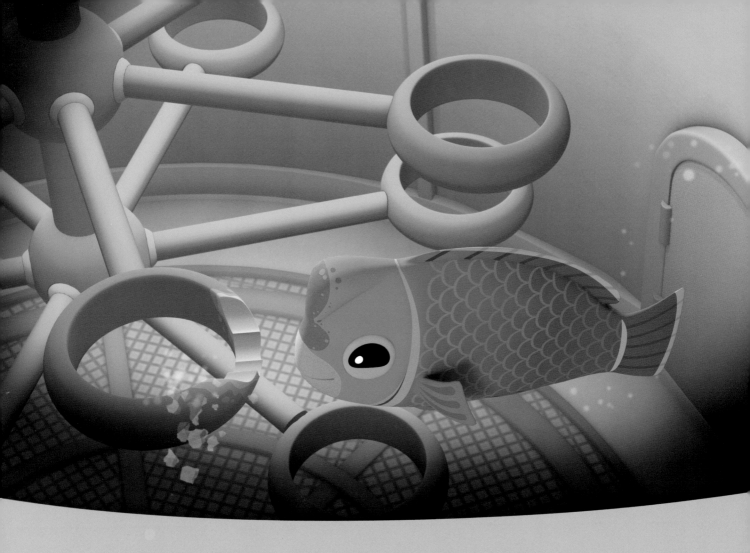

紧接着，巴克队长让突突兔开启章鱼堡舱门，好让灯笼鱼
艇驶进去。谁知海蒂趁机溜进了章鱼堡的发动机室，对着发动
机就是一口。巴克队长正准备驾驶着灯笼鱼艇进入章鱼堡，突
然章鱼堡剧烈地摇晃了起来，队长立刻呼叫达西西，了解情况。

大家这才知道章鱼堡的发动机出故障了！现在，章鱼堡完全熄火了，正在下沉！

巴克队长决定紧急迫降。

不一会儿，章鱼堡迫降在了悬崖边，植物鱼们以为章鱼堡已经停稳了，兴奋地跳了起来。结果，章鱼堡顺势掉入了峡谷中。

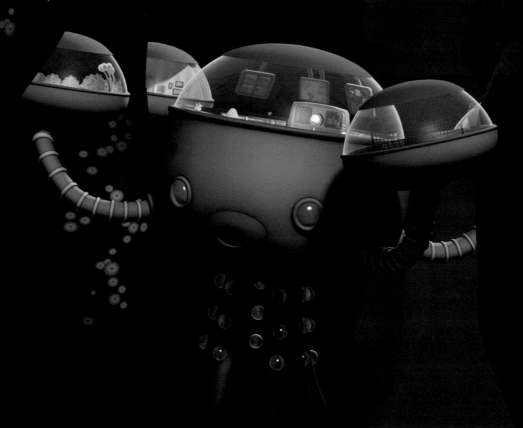

得让章鱼堡先停下，达西西和巴克队长通过视频商量确定后，她迅速展开并锁定章鱼臂，终于让章鱼堡停了下来。

还好大家都安然无恙，可是达西西却透过陨石追踪器发现

有一颗陨石正向章鱼堡撞过来。情况紧急，巴克队长让达西西马上启动章鱼警报，通知大家去基地总部。

队员们聚齐后，巴克队长也回到了章鱼堡。他跟大家说明了情况，突突兔马上自告奋勇，去修理发动机。

yǔn shí jǐ fēn zhōng hòu jiù huì zhuì rù hǎi dǐ
陨石几分钟后就会坠入海底，

hǎi dǐ xiǎo zòng duì bì xū zhuā jǐn shí jiān zhuǎn yí zhāng yú
海底小纵队必须抓紧时间转移章鱼

bǎo fǒu zé zhāng yú bǎo jiāng huì bèi zá suì
堡，否则章鱼堡将会被砸碎。

这时，突突兔呼叫了队长，她发现发动机被咬掉了好几块。现在看来，来不及修好发动机了，他们只能从阻止陨石入手了，巴克队长连忙向谢灵通和章教授打听有关陨石的知识。了解到陨石具有磁性后，巴克队长想到了办法。

"呱唧，皮医生，上舰艇！"巴克队长说道，"海底小纵队，这些磁铁可以吸附陨石并使之减速！"说完，他们分别驾驶着虎鲨艇、孔雀鱼艇和灯笼鱼艇出发了。

　　　　dàn shì yǔn shí yí dòng sù dù tài kuài　　wǒ men bì xū tóng shí jiāng cí tiě tóu xiàng tā
"但是陨石移动速度太快，我们必须同时将磁铁投向它！

　　guā jī　pí yī shēng　gè jiù gè wèi　　　　bā kè duì zhǎng jì xù shuō dào　　tā men hěn kuài
呱唧，皮医生，各就各位……"巴克队长继续说道。他们很快

　　jiù lái dào le shuǐ miàn shang　yǔn shí mǎ shàng jiù yào chōng guo lai le　　bā kè duì zhǎng hǎn dào
就来到了水面上，陨石马上就要冲过来了，巴克队长喊道：

　　zhǔn bèi hǎo　wěn zhù　wěn zhù　fā shè　　kě shì yǔn shí luò rù shuǐ miàn　jī qǐ de làng
"准备好！稳住，稳住！发射！"可是陨石落入水面，激起的浪

　　huā tài dà　zhǐ yǒu bā kè duì zhǎng chéng gōng jiāng cí tiě fā shè dào le yǔn shí shang
花太大，只有巴克队长成功将磁铁发射到了陨石上。

84

"达西西！我吸住了陨石……但是它的速度太快，根本停不下来。"巴克队长奋力控制着灯笼鱼艇，下令道，"准备从章鱼堡撤离！"

dá xī xī shōu dào mìng lìng hòu mǎ shàng chuán dá zhǐ lìng hǎi dǐ xiǎo zòng duì zhù
达西西收到命令后，马上传达指令："海底小纵队，注

yì dào fā shè tái jí hé wǒ men bì xū jǐn kuài cóng zhāng yú bǎo chè lí
意！到发射台集合！我们必须尽快从章鱼堡撤离！"

tū tū tù tīng dào zhǐ lìng zhèng zhǔn bèi qù fā shè tái tū rán tā zài fā dòng jī shì fā
突突兔听到指令，正准备去发射台，突然她在发动机室发

xiàn le yì xiē shā zi tā zhèng yí huò shā zi shì cóng nǎ er lái de ne
现了一些沙子。她正疑惑沙子是从哪儿来的呢？

zhè shí tā tīng dào le shēng xiǎng tái tóu yí kàn fā xiàn yì tiáo yú zhèng zài yǎo fā

这时，她听到了声响，抬头一看，发现一条鱼正在咬发

dòng jī tū tū tù dà hǎn dào yuán lái shì nǐ bǎ wǒ men de fā dòng jī gěi yǎo le

动机，突突兔大喊道："原来是你把我们的发动机给咬了！"

hǎi dì tīng le lì kè shuō dào bào qiàn zhè lǐ hǎo chī de shí zài tài duō le

海蒂听了，立刻说道："抱歉！这里好吃的实在太多了！"

hǎo ba nǐ zuì hǎo lí yuǎn diǎn cóng wài tài kōng lái de dà shí tou mǎ shàng jiù yào xiàng

"好吧，你最好离远点！从外太空来的大石头马上就要向

zhāng yú bǎo zhuàng guo lai le tū tū tù tí xǐng tā

章鱼堡撞过来了！"突突兔提醒她。

87

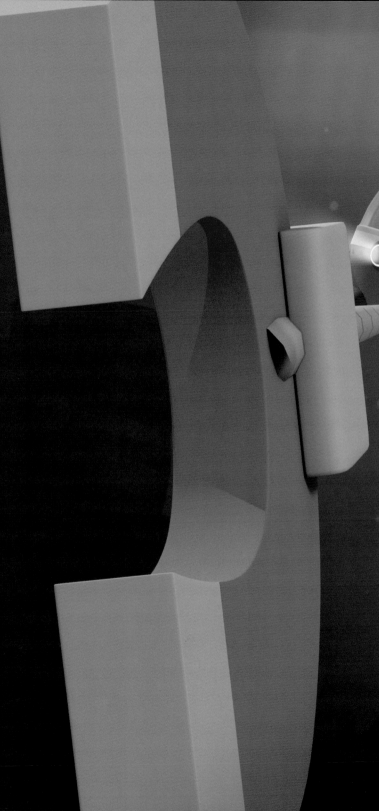

"石头？从外太空来的？听起来……很美味啊！"海蒂听了十分兴奋，迫不及待地想尝尝这来自外太空的石头。

突突兔听了她的话，立刻有了主意，"嗯，那你有同伴在这附近吗？"

另一边，就在巴克队长快要支撑不住的时候，呱唧和皮医生终于赶了上来，他们要再试一次。

这次，他们终于成功了，现在三块磁铁都吸住了陨石。但是陨石坠落的速度还是很快。

突突兔马上说道："别担心，队长！救星马上就到！"

89

bā kè duì zhǎng　　pí yī shēng hé guā jī wàngxiàng wài miàn
巴克队长、皮医生和呱唧望向外面，

chī jīng de hǎn dào　　hǎi dì
吃惊地喊道 :"海蒂! "

　　hǎi dì kě méi kòng lǐ tā men　　tā duì zhe shēn hòu de lóng
　　海蒂可没空理他们，她对着身后的隆

tóu yīng gē yú men hǎn dào　　hǎo le　　huǒ bàn men　　nǐ men
头鹦哥鱼们喊道 :"好了，伙伴们，你们

bú shì è le ma　　shuō wán　　tā jiù dài lǐng zhe lóng tóu yīng
不是饿了吗? "说完，她就带领着隆头鹦

gē yú men chōngxiàng le yǔn shí　　tā men kāi shǐ yǎo yǔn shí le
哥鱼们冲向了陨石，他们开始咬陨石了。

　　yǒu xiào guǒ le　　dàn wǒ men xū yào gěi lóng tóu yīng gē yú men duō zhēng
"有效果了！但我们需要给隆头鹦哥鱼们多争

qǔ yì diǎn er shí jiān　jiāng fǎn xiàng tuī dòng qì wǎng hòu zhuài　yì qǐ shǐ jìn
取一点儿时间！将反向推动器往后拽，一起使劲

er　　　bā kè duì zhǎng mǎ shàng ān pái dào　guā jī hé pí yī shēng lì kè zhí
儿！"巴克队长马上安排道，呱唧和皮医生立刻执

xíng mìng lìng　fèn lì lā zhe fǎn xiàng tuī dòng qì
行命令，奋力拉着反向推动器。

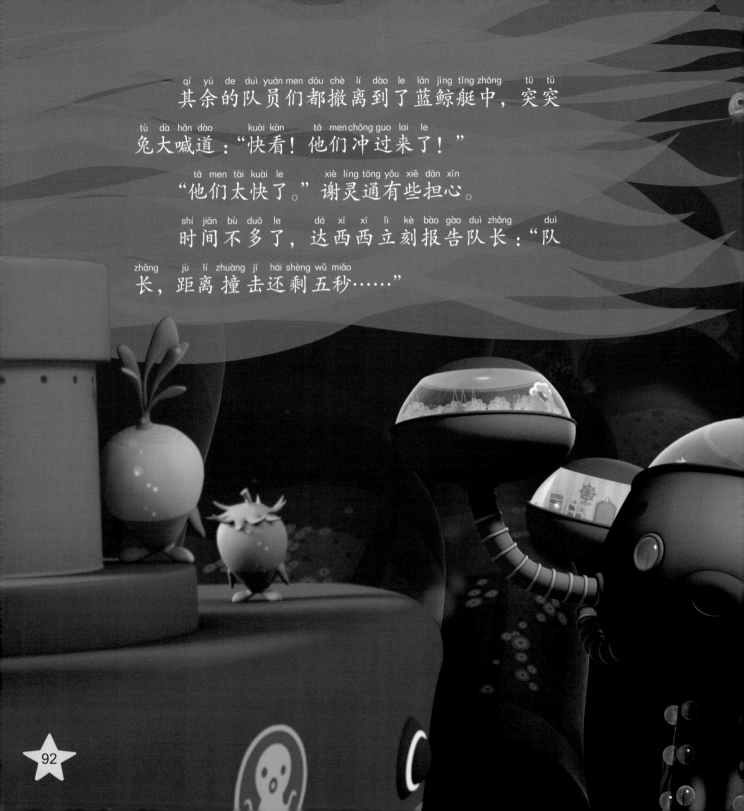

其余的队员们都撤离到了蓝鲸艇中，突突兔大喊道："快看！他们冲过来了！"

"他们太快了。"谢灵通有些担心。

时间不多了，达西西立刻报告队长："队长，距离撞击还剩五秒……"

zài zhè wēi jí shí kè　　pí yī shēng hé guā jī què
在这危急时刻，皮医生和呱唧却

chēng bú zhù le　　cí tiě xiāng jì lí kāi yǔn shí　zuì hòu
撑不住了，磁铁相继离开陨石。最后，

bā kè duì zhǎng jiàn tǐng shang de cí tiě yě lí kāi le yǔn shí
巴克队长舰艇上的磁铁也离开了陨石。

xìng yùn de shì　　lóng tóu yīng gē yú men zhōng yú zài zuì
幸运的是，隆头鹦哥鱼们终于在最

hòu guān tóu chī diào le yǔn shí　zhǐ shèng xià yì xiǎo kuài zhuàng
后关头吃掉了陨石，只剩下一小块 撞

jī zài zhāng yú bǎo de bō li shang　tán le chū qù
击在章鱼堡的玻璃上，弹了出去。

93

dà jiā dōu huān hū qǐ lai xiè líng tōng jiǎn qǐ le nà yì xiǎo kuài yǔn shí gāo xìng de shuō dào
大家都欢呼起来，谢灵通捡起了那一小块陨石，高兴地说道：

tài bàng le kàn lái tā kě yǐ hǎo hǎo yán jiū yí xià le
"太棒了！"看来，他可以好好研究一下了。

zhè shí hǎi dì yóu le guò lái yì kǒu chī diào le tā shǒu zhōng de shí tou xīn mǎn yì zú de shuō
这时海蒂游了过来，一口吃掉了他手中的石头，心满意足地说

dào zhēn hǎo chī xiè líng tōng wú nài de kàn zhe tā
道："真好吃！"谢灵通无奈地看着她。

接下来，突突兔去修理发动机了，很快发动机恢复了正常。章鱼堡稳稳上升，安全着陆了。

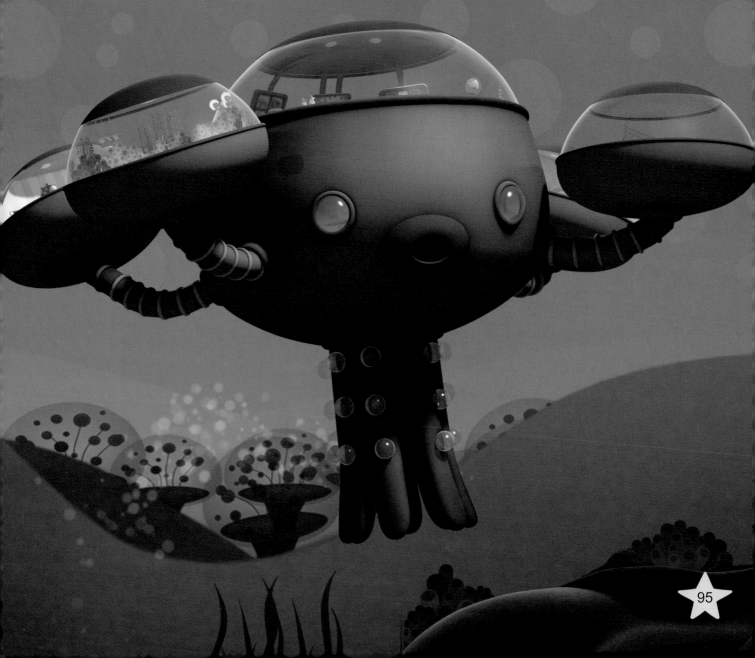

jīn tiān biǎo xiàn bú cuò hǎi dǐ xiǎo zòng duì
"今天表现不错，海底小纵队！"

bā kè duì zhǎng shuō dào hái yǒu gǎn xiè nǐ de bāng
巴克队长说道，"还有，感谢你的帮

zhù hǎi dì
助，海蒂！"

zhè méi shén me hǎi dì qiān xū de shuō xiǎn
"这没什么！"海蒂谦虚地说，显

rán tā jīn tiān bǎo cān le yí dùn hěn kāi xīn
然她今天饱餐了一顿，很开心。

pí yī shēng yào zuò zì jǐ de běn zhí gōng zuò le
皮医生要做自己的本职工作了。

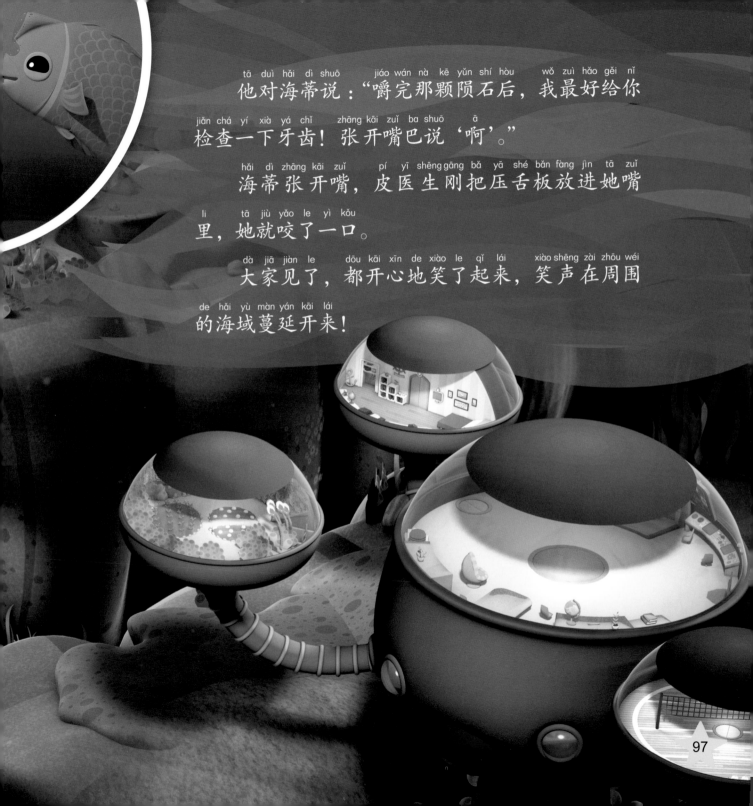

他对海蒂说："嚼完那颗陨石后，我最好给你检查一下牙齿！张开嘴巴说'啊'。"

海蒂张开嘴，皮医生刚把压舌板放进她嘴里，她就咬了一口。

大家见了，都开心地笑了起来，笑声在周围的海域蔓延开来！

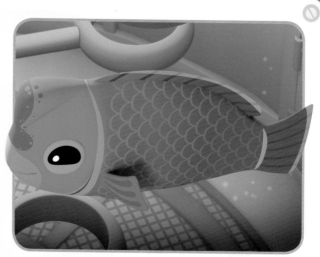
欢迎进入本期海底报告，这次我们要介绍的是**隆头鹦哥鱼**。

隆头鹦哥鱼的嘴巴强
不管什么都想尝一尝
岩石珊瑚里面有营养
一口一块吃得心花放
牙齿特殊嘴中排
岩石吃进去，沙子拉出来

海底小纵队居住在神秘的章鱼堡基地，每当有意外发生，他们就要出发去探险、拯救、保护。行动中，队员们配备了各式各样的装备，这次要介绍的是——章鱼眼镜。

章鱼眼镜

章鱼眼镜是突突兔的发明，当海底小纵队将章鱼眼镜设置成伪装识别模式后，章鱼眼镜就能区分植物和动物，这样队员们就能发现隐藏起来的动物，即使那些动物藏得特别隐蔽，海底小纵队也能一眼就找到。

海底小纵队
雪人蟹

海底小纵队
大洋猪

海底小纵队
港海豹

海底小纵队
海胆入侵

海底小纵队
魔鬼鱼

海底小纵队
狮子鱼

海底小纵队
水熊虫

海底小纵队
鸭嘴兽

海底小纵队
叶海龙

海底小纵队
座头鲸

海底小纵队
雪人蟹

海豚传媒官网 http://www.dolphinmedia.cn　海豚微博 http://weibo.com/dolphinmedia